My Body

I have a head,

with hair on top,

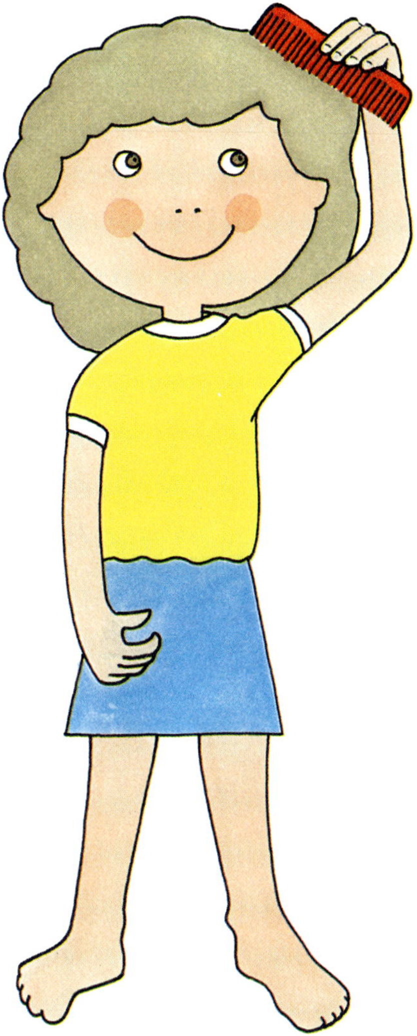

two eyes to see,

and two ears
to hear.

I have a nose
to smell,

and a mouth
to smile, to eat
and to talk.

I have a body,

with two legs
to help me move,

and at the end
there are feet
and toes.

How many?

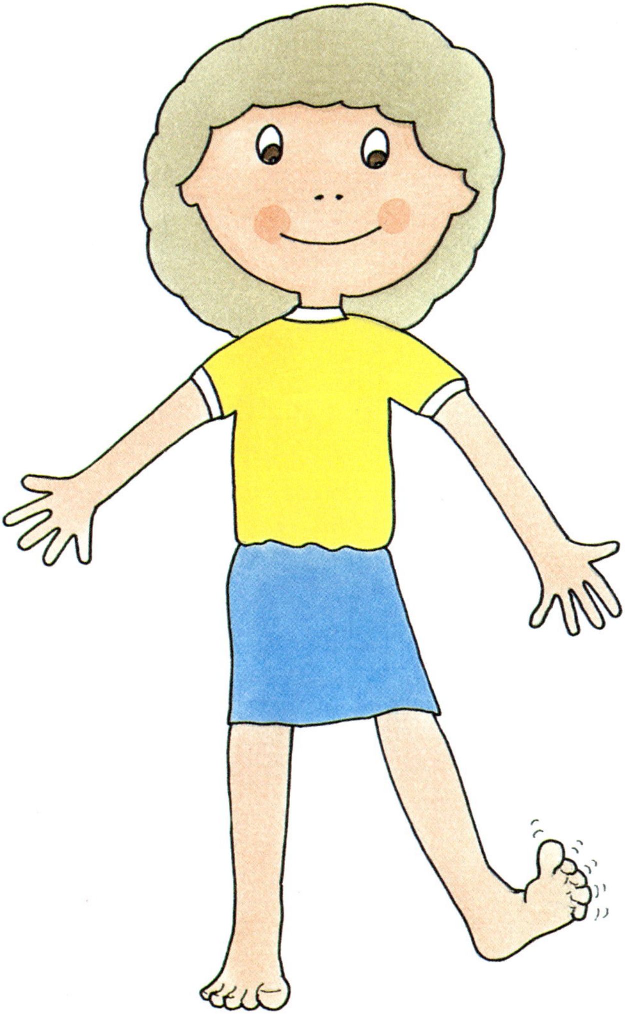

Two arms
go out,

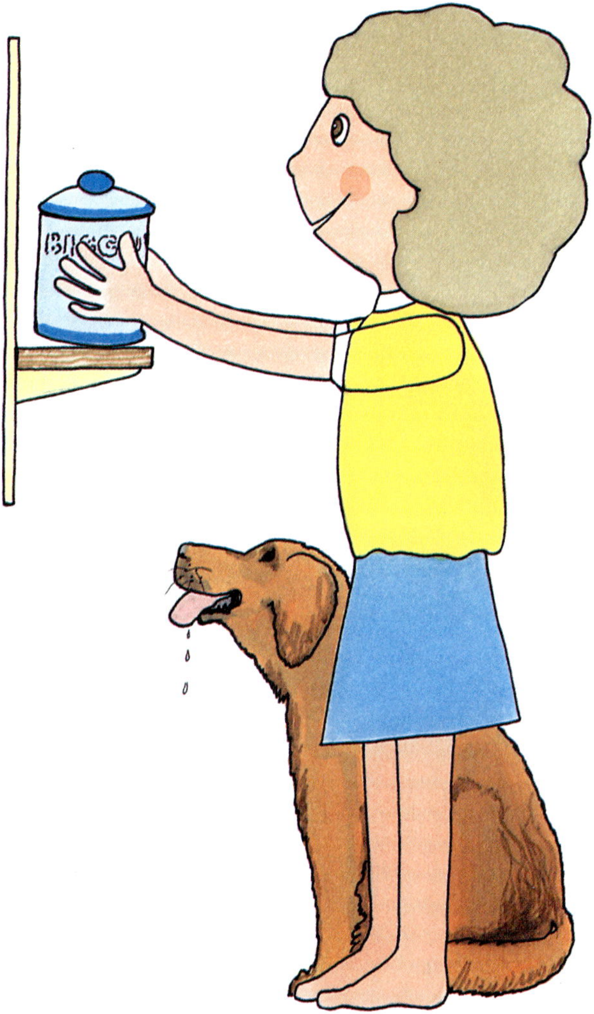

with two hands
to hold,

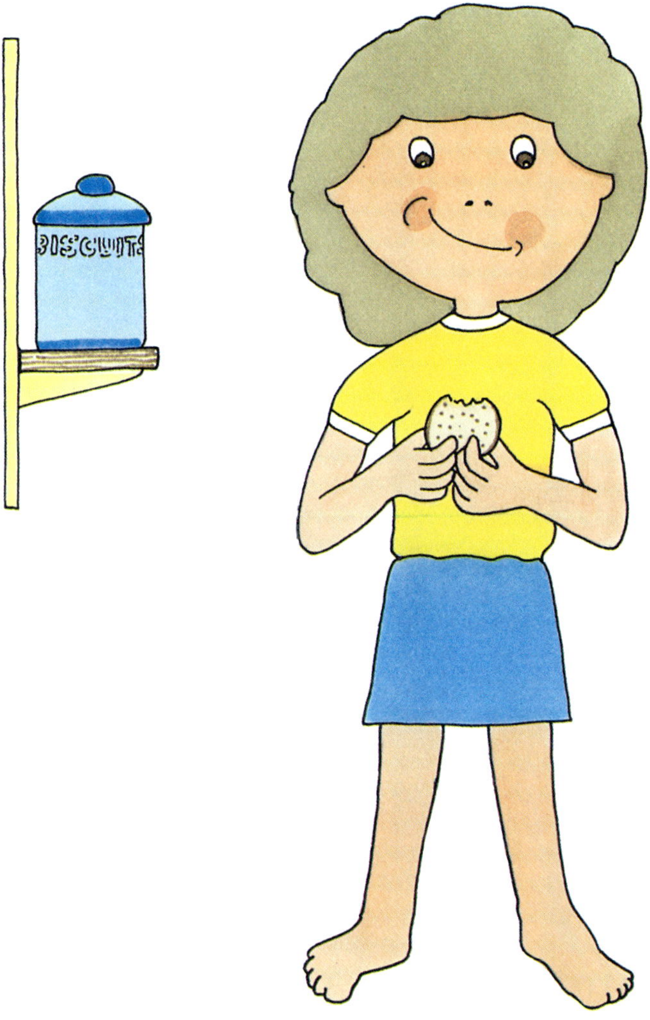
BISCUITS

and ten fingers to feel.

Le festin de Malecombe

Pour Évelyne de Belle-Plume.
D. Dufresne

Les mots du texte suivis du signe * sont expliqués
sur le rabat de couverture.

www.editions.flammarion.com

© Flammarion pour la présente édition, 2010
87, quai Panhard-et-Levassor – 75647 Paris Cedex 13
Dépôt légal : mai 2010 – ISBN : 978-2-0812-2909-9 – N° d'édition : L.01EJEN000321.C004
Loi n° 49-956 du 16 juillet 1949 sur les publications destinées à la jeunesse

Didier Dufresne   Didier Balicevic

Le festin de Malecombe

Castor Poche

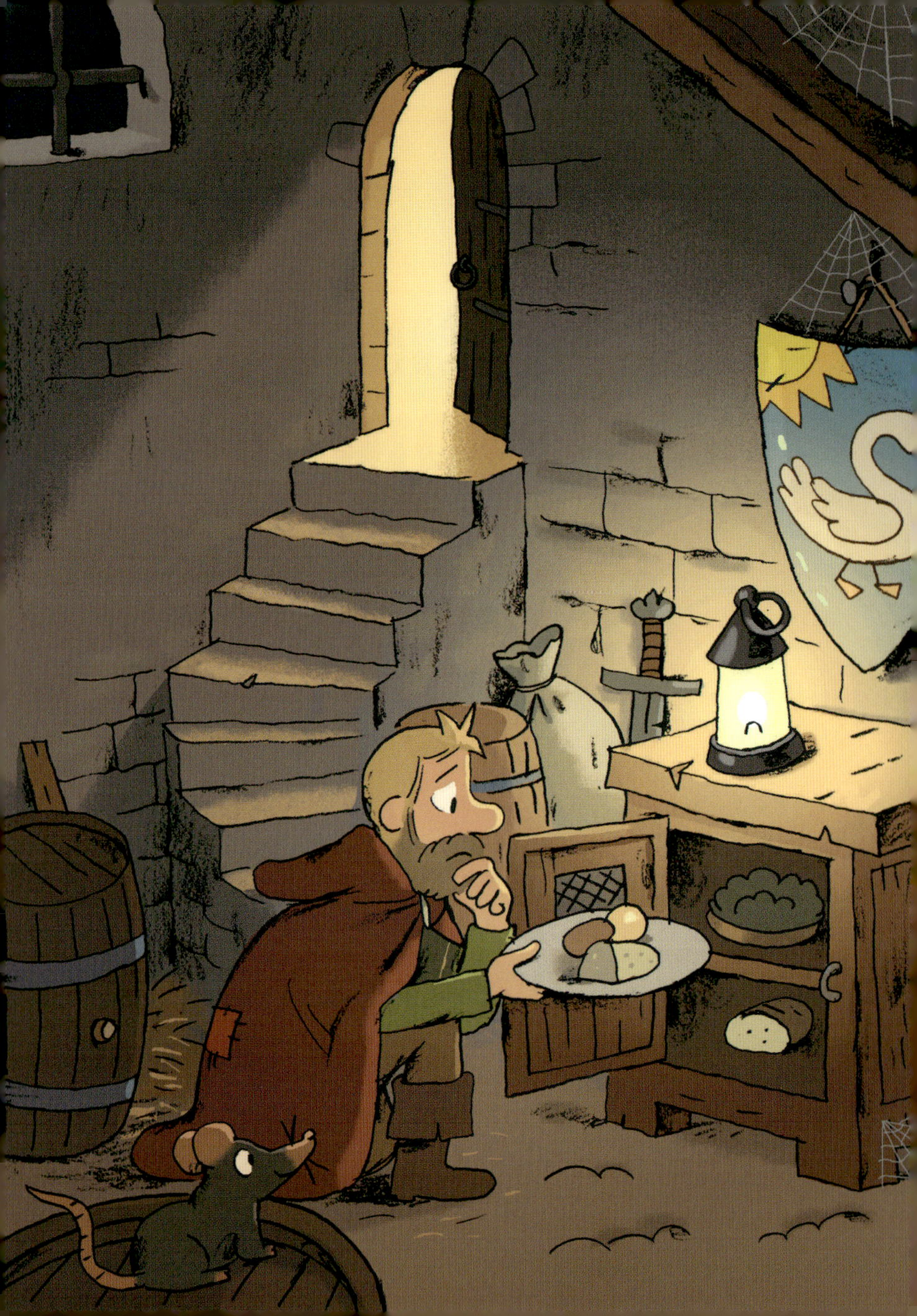

Chapitre 1
Repas en famille

Les récoltes ne sont pas encore faites que la nourriture commence déjà à manquer à Malecombe. Une chandelle à la main, le comte Aldebert de la Bretelle-Demonsac descend à la cave.

Quelques croûtes de fromage, un reste de jambon dur comme du bois, des pommes blettes* et un vieux chou sont bien les seules richesses qu'il finit par découvrir...

Le comte Aldebert rejoint sa femme, Isolde, à la cuisine.

– Je crains qu'il ne faille une fois de plus serrer nos ceintures, ma mie, lui avoue-t-il.

C'est alors qu'une galopade et des rires retentissent dans la basse-cour. Guillaume et sa sœur Flora rentrent de la forêt de Sautegrenouille et ils s'engouffrent dans la cuisine.

– Qu'ont-ils encore inventé, ces deux-là ? se demande le comte en souriant.

Chapitre 1

– Place ! Place ! s'écrient-ils en posant leur panier sur la table.
– Aujourd'hui, nous faisons la cuisine, déclare Guillaume.

Guillaume se met aux fourneaux, sa petite sœur dresse la table et la décore de fleurs des champs.

Un parfum appétissant flotte dans les couloirs du château.

– À table ! annonce Flora en tapant de la cuillère sur la marmite. Soupe à l'oseille, omelette d'œufs de caille aux girolles, fraises des bois au miel…

Guillaume et sa sœur sont très fiers de leur succès. Le comte reprend deux fois de l'omelette et engloutit les dernières fraises.

Chapitre 1

– Malheureusement, soupire le comte, quelques champignons et une poignée de fraises ne nourriront pas la famille jusqu'aux récoltes.

– Je pourrais gagner quelques écus à Tristelande, propose Guillaume.

– Soit, grogne le comte. Je n'aime guère mon sinistre voisin mais nous allons manquer de pain.

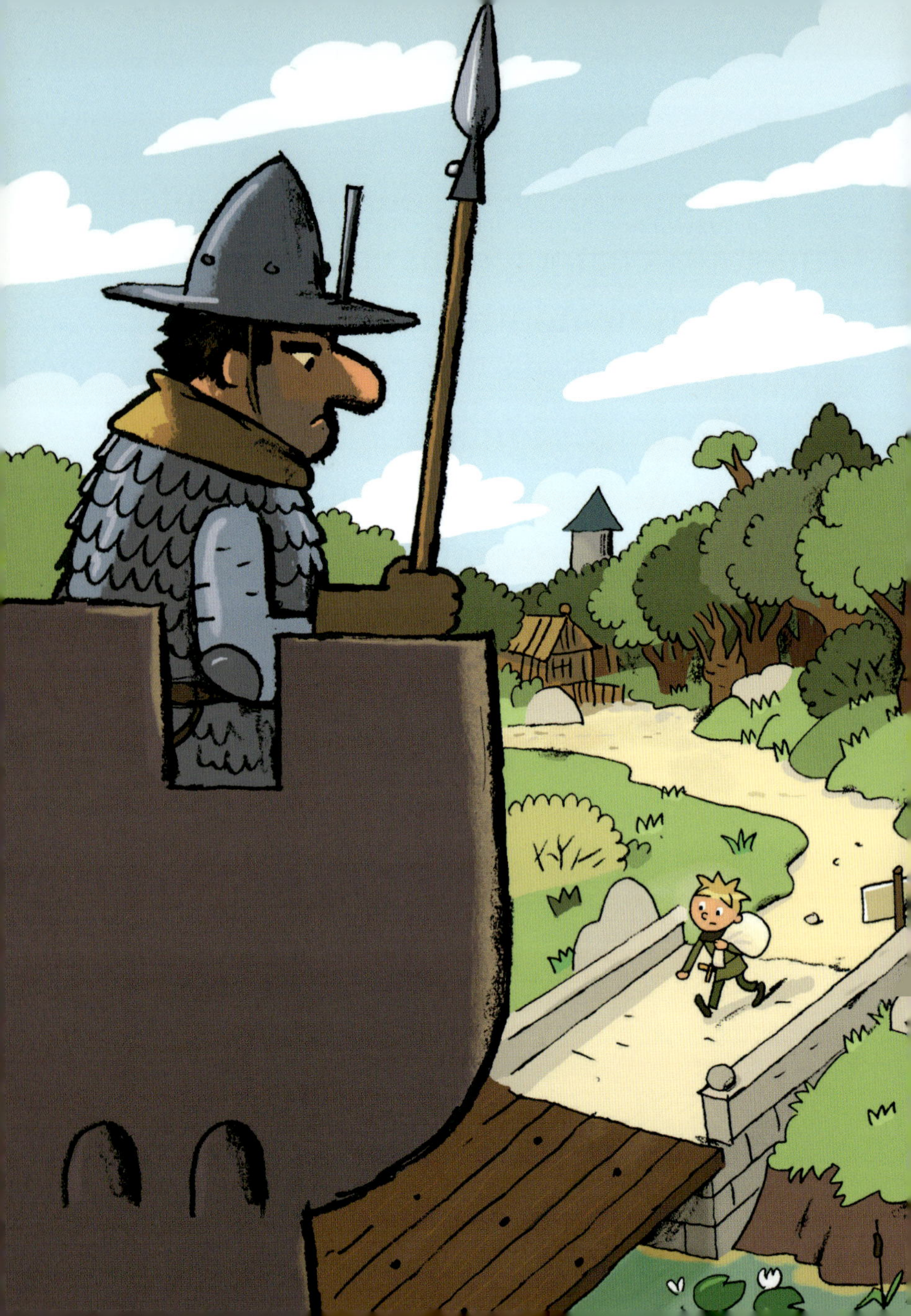

Les provisions manquent à Malecombe. Guillaume doit partir chercher du travail au château de Tristelande.

Chapitre 2

Les cuisines de Tristelande

Un baluchon sur l'épaule et son épée de bois à portée de main, Guillaume traverse d'un pas décidé la forêt de Sautegrenouille. Déjà, il aperçoit le donjon du château de Tristelande.

– J'espère qu'Adhémar est parti aux Croisades ! soupire Guillaume.

Car l'ignoble duc de Tristelande a le plus désagréable des fils. Ce grand escogriffe nommé Adhémar déteste Guillaume. Il ne perd pas une occasion de lui faire des misères. Heureusement, le pont-levis passé, pas la plus petite ombre d'un Adhémar. Guillaume s'approche d'un valet qui balaie la cour.

Chapitre 2

– Savez-vous où je pourrais trouver du travail ? lui demande-t-il.
– Va donc voir maître Coquebert aux cuisines… L'ouvrage n'y manque pas !

Dès que Guillaume pousse la porte, un nuage de vapeur à la forte odeur d'oignon l'enveloppe.

Il entre alors dans une vaste pièce enfumée où la chaleur est étouffante. Un homme rougeaud, au ventre rond, s'agite comme un diable devant une immense cheminée. Des chapons rôtissent à la broche devant un feu d'enfer, des soupes bouillonnent dans des marmites, des pâtés dorent dans un four… Guillaume en a l'eau à la bouche.

Chapitre 2

– Que veux-tu, freluquet ? gronde le cuisinier.
– Avez-vous du travail pour moi ? demande Guillaume.
– Tu veux apprendre le métier ? ricane maître Coquebert. Eh bien, va donc voir à côté pour commencer !

Dans la pièce voisine, Guillaume découvre des piles d'écuelles sales, une montagne de plats gras et des marmites noires de fumée. Il a compris, retrousse ses manches et s'écrie :
– Allez, au travail !

Aussitôt Guillaume se lance avec ardeur dans cette corvée. Les écuelles propres s'empilent rapidement sur les étagères.

Il récure la dernière marmite quand il entend une voix derrière lui :
– Mais c'est mon cher voisin de la Gamelle-Demonchien !

Guillaume se retourne.
Adhémar le toise en ricanant.
– Alors, on a trouvé du boulot, de la Bouteille-Demontonneau ?

Guillaume hausse les épaules et continue à frotter la marmite.
– *Pouah !* grommelle Adhémar. Ça sent l'oignon ici ! Je file ! Mais ne te réjouis pas trop vite, je reviendrai…

« Va au diable ! » pense Guillaume.

Le cuisinier entre alors dans la pièce.
– J'ai terminé, lui annonce Guillaume.

Chapitre 2

– Bravo, petit ! siffle Coquebert. Tu n'es pas un fainéant comme l'Adhémar qui sort d'ici…

Guillaume sourit. Malgré ses manières rudes, son visage rouge et son nez violacé, le cuisinier semble être un brave homme.

– C'est l'heure de mon petit casse-croûte, dit-il. Viens…

Guillaume le suit.

– Ça alors ! s'écrie-t-il en découvrant une table dressée dans une petite pièce. Il y a de quoi nourrir une armée !

Le cuisinier fait signe à son apprenti de s'installer et se met à table. Entre deux bouchées, il crachote :

– Si tu veux, je t'apprendrai à cuisiner…

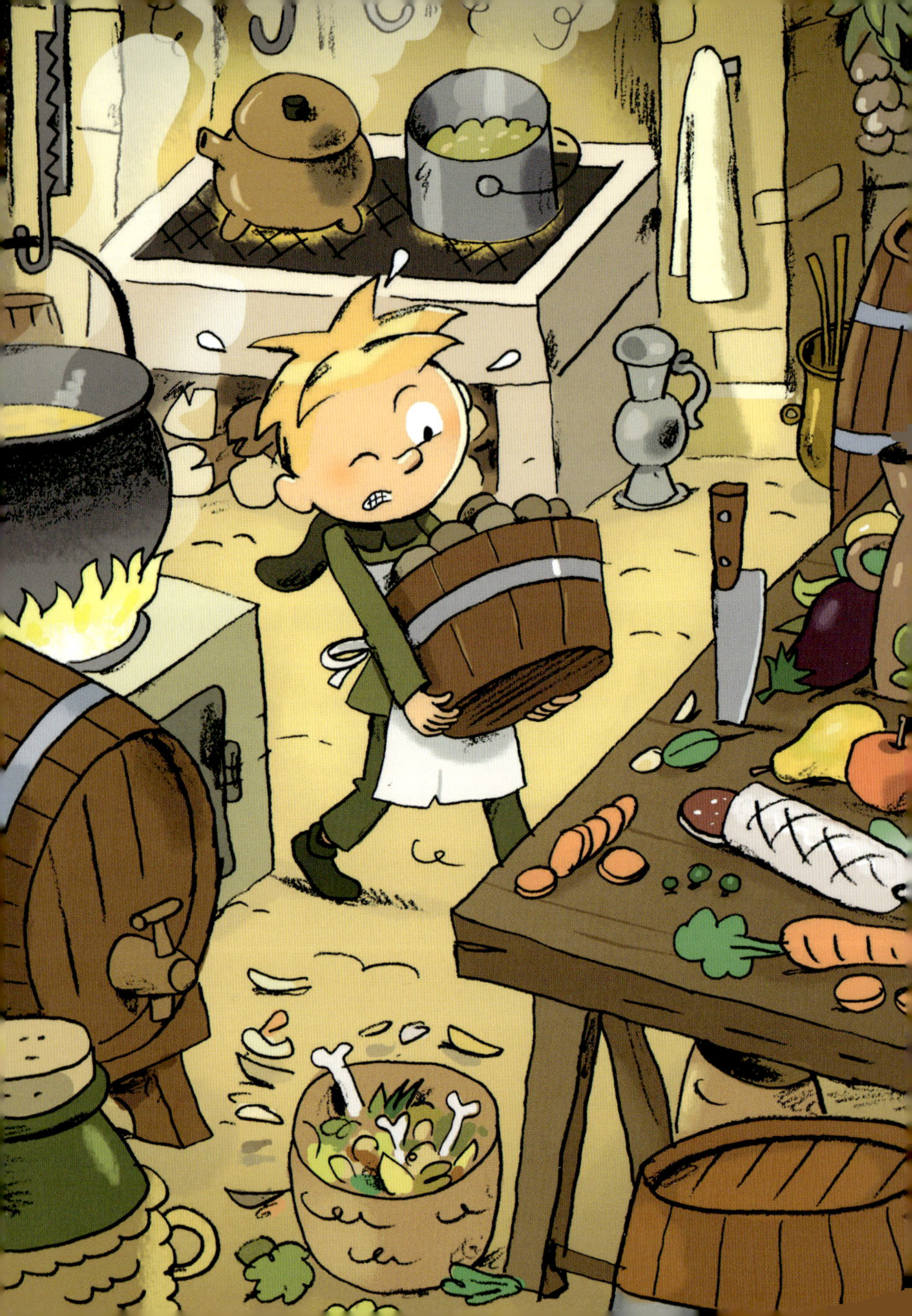

Guillaume est si courageux et appliqué que le cuisinier du château décide de lui apprendre son art...

Chapitre 3
Bagarre en cuisine

Le travail ne manque pas quand on est marmiton* du duc de Tristelande. Apprendre la cuisine n'est pas de tout repos ! Mais Guillaume aime cette besogne.

Ficeler les rôtis, éplucher les raves et les choux, surveiller les soupes qui mijotent, goûter les ragoûts fumants, pétrir les pâtes et casser les œufs, tout cela lui plaît énormément.

Ce matin, maître Coquebert lui a demandé de dresser le plat de paon rôti. Guillaume a replacé les plumes une à une et le résultat est parfait.

Chapitre 3

– On croirait qu'il va s'envoler, grince soudain une voix dans son dos.

« Adhémar ! Il ne manquait plus que lui ! » se dit Guillaume.

Le fils du duc arrache une plume de paon et la brandit comme une épée.
– En garde, de la Selle-Demoncanasson ! s'écrie-t-il.

– Ne casse rien dans la cuisine, coquin, ou j'appelle maître Coquebert, menace Guillaume.

Adhémar éclate de rire :
– Ah ! Ah ! Tu peux toujours crier… Ce vieux goinfre n'entend rien quand il s'empiffre, et c'est l'heure de son goûter.
– Alors en garde ! lance Guillaume en empoignant une cuillère en bois.

Chapitre 3

Le combat s'engage. Adhémar a troqué la plume de paon contre une longue saucisse sèche et fait avec elle de menaçants moulinets.

– Je vais t'assommer à coups de saucisse ! s'écrie-t-il. Puis je t'aplatirai avec un jambon !

Mais Guillaume sait esquiver les coups.

La saucisse renverse la soupe, perce un sac de farine, fait dégringoler une pile de navets, mais ne parvient pas à le toucher. Éclaboussé de soupe et couvert de farine, Adhémar écume de rage.
– Cette fois, tu ne m'échapperas pas ! hurle-t-il en pointant la saucisse sur le cœur de son adversaire.

Chapitre 3

Mais un navet roule sous son pied et Adhémar chute dans une énorme marmite.

– Toi qui aimes l'oignon, tu es servi ! ricane Guillaume.

Adhémar émerge de la marmite, les yeux rougis de larmes.

– Maman ! Ça pique les yeux ! gémit-il.

Et il quitte la cuisine en beuglant.

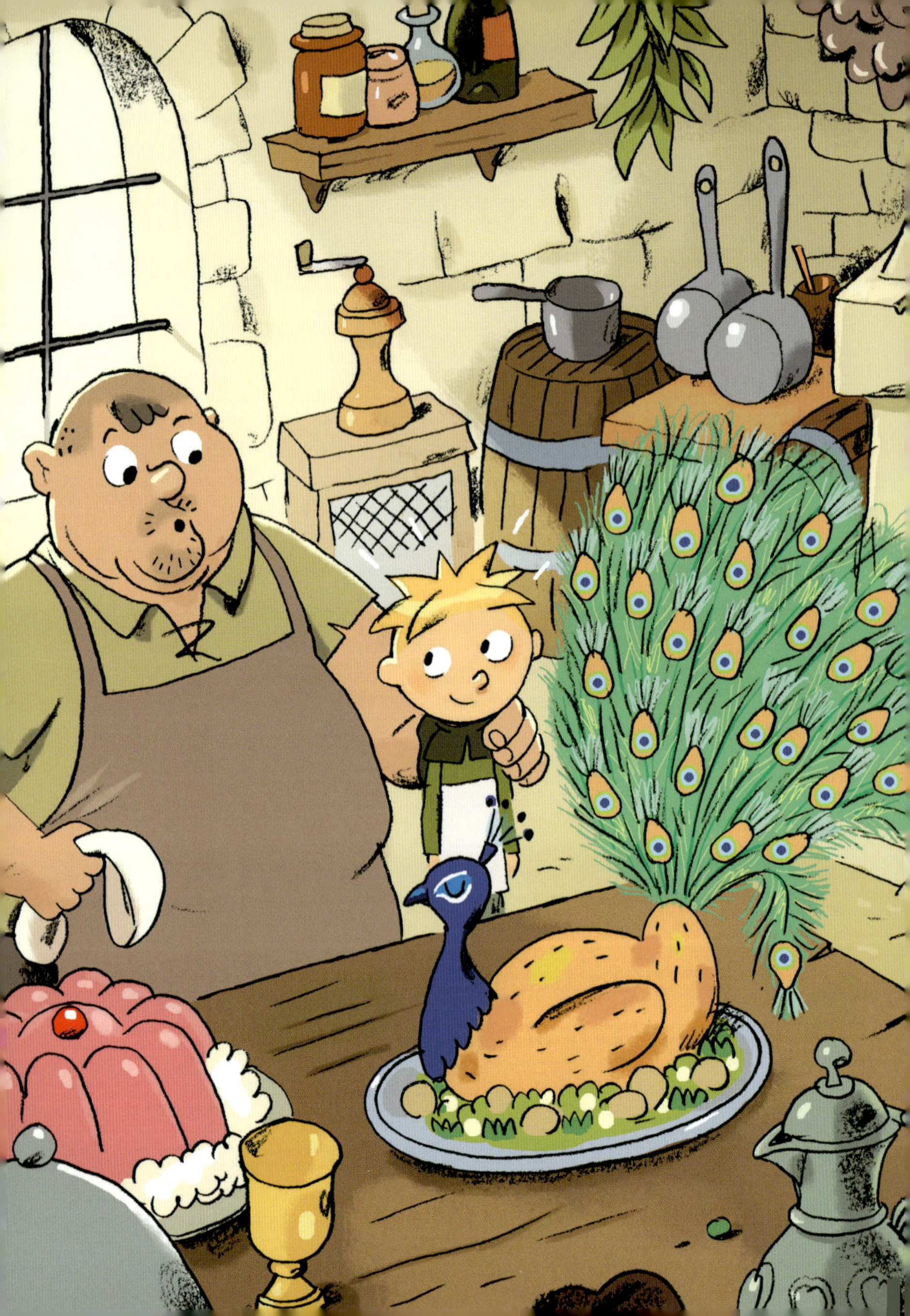

Adhémar provoque Guillaume en duel… et atterrit dans une marmite pleine d'oignons !

Chapitre 4

La revanche d'Adhémar

Guillaume n'a plus qu'à remettre un peu d'ordre dans la cuisine. Quand maître Coquebert entre dans la salle, il pousse un sifflement d'admiration en découvrant le paon et s'écrie :

– Tu apprends vite, petit ! Je vais donc te donner l'occasion de prouver ta valeur.
– Comment cela, maître ? demande Guillaume.
– Eh bien, cette année, c'est toi qui feras le gâteau du grand festin de Tristelande, annonce maître Coquebert.
– Mais c'est un grand honneur, maître, s'étonne Guillaume. Que voulez-vous que je fasse ?
– Tu es maintenant assez habile pour te débrouiller, répond maître Coquebert. À toi d'inventer une recette…

Le jour du festin arrive enfin. Le gâteau est prêt et Guillaume s'applique à modeler le portrait du duc en pâte d'amande.

« Il ne faut pas que je le fasse aussi laid qu'en réalité, sourit l'apprenti cuisinier. Cela pourrait couper l'appétit des invités ! »

Caché derrière un gros tonneau de mélasse*, Adhémar ne perd pas une miette du spectacle.
– Dès qu'il a terminé, je lui saute dessus, rumine le fils du duc.

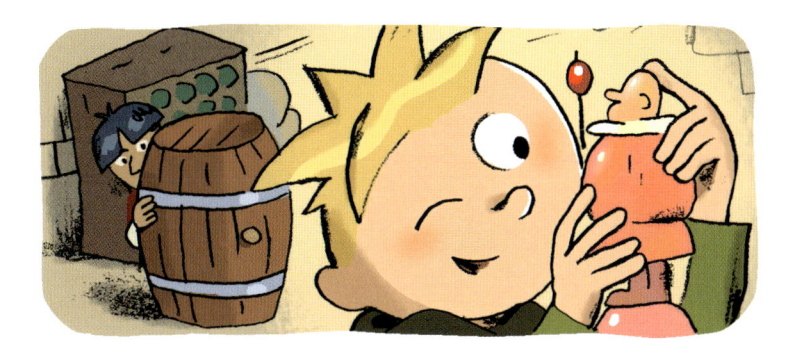

Guillaume fixe les moustaches sous le gros nez du duc.

« Voilà ! C'est assez ressemblant », pense-t-il.

Il place le duc en pâte d'amande sur le gâteau et recule de quelques pas pour admirer son chef-d'œuvre. Soudain, Adhémar bondit hors de sa cachette et le coiffe d'un grand sac.
– Tu es pris, de la Chapelle-Demonpic ! hurle Adhémar.

Chapitre 4

Le fils du duc traîne le sac où gigote Guillaume dans les profondeurs du château. Arrivé devant un cachot, il pousse le sac à l'intérieur et claque la porte en éclatant de rire.

– Bonne soirée, nigaud ! s'écrie-t-il en fermant la porte à double tour. Ce soir, c'est moi qu'on applaudira à ta place !

Plus tard, Adhémar retourne aux cuisines et trouve maître Coquebert qui tourne en rond.
– Vous n'auriez pas vu Guillaume ? lui demande-t-il d'un air innocent.
– Je ne sais pas où ce petit a pu passer, s'inquiète le cuisinier. Il va bientôt être l'heure du dessert.
– N'ayez crainte, dit Adhémar de sa voix la plus mielleuse. Pour vous rendre service, je puis le remplacer.

Le cuisinier n'a pas le choix.
– C'est entendu..., répond-il.

Dans la grande salle d'honneur du château, le duc trône au milieu de ses invités. Quelques dizaines de plats ont déjà été engloutis par l'assistance.

Chapitre 4

En attendant le dessert, les jongleurs donnent un spectacle et les trouvères* racontent de fabuleuses histoires. Le duc lève une main luisante de graisse et commande :
– Cuisinier, qu'on apporte le gâteau !
– Le voici, Votre Seigneurie…

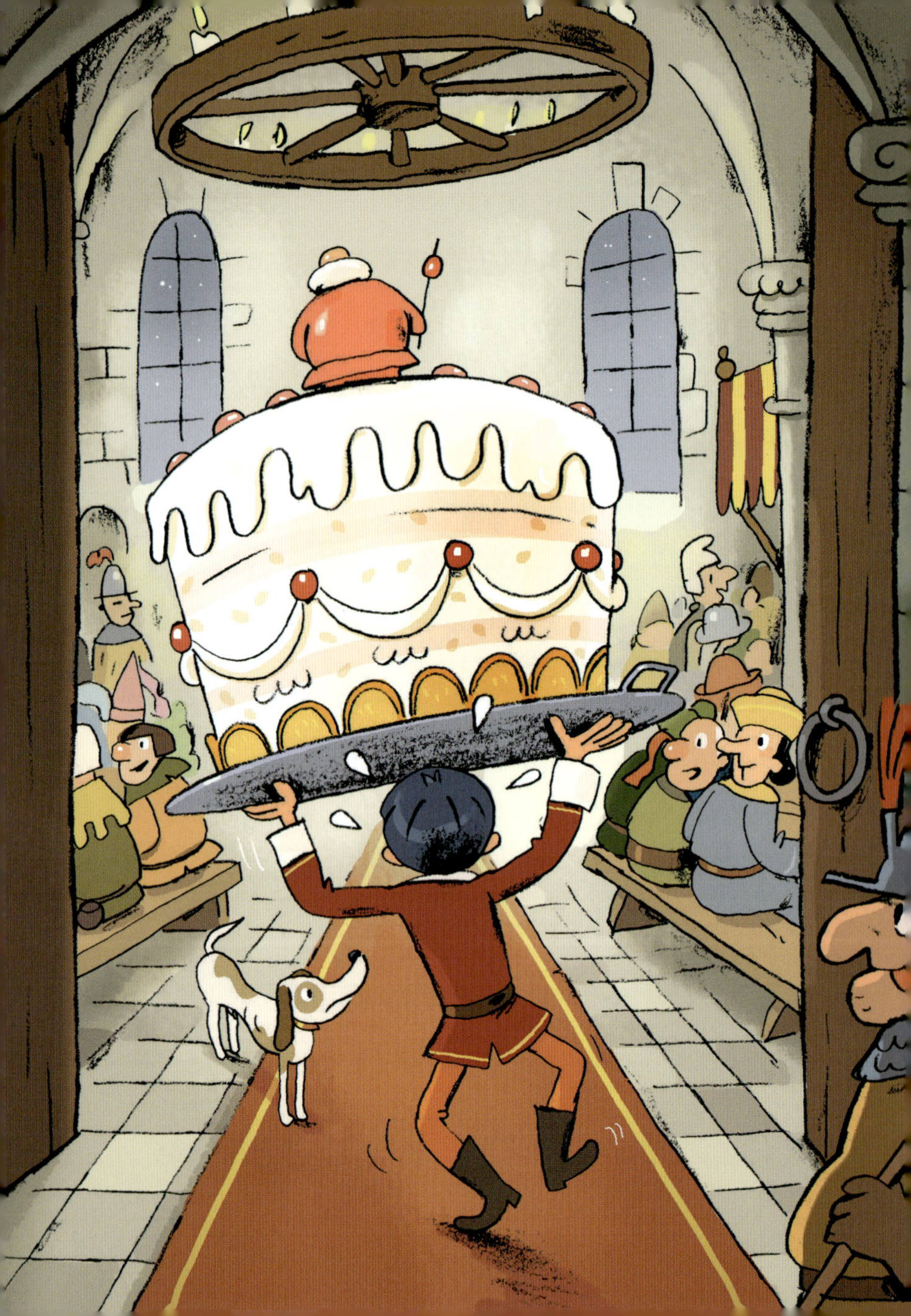

Adhémar a enfermé Guillaume dans un cachot et s'apprête à apporter le gâteau à sa place dans la salle du banquet...

Chapitre 5

La surprise du chef

Adhémar fait alors une entrée triomphale dans la salle à manger au son des flûtes et des tambourins. Il porte à grand-peine le lourd gâteau surmonté de la pâteuse statue du duc.

La foule des invités applaudit et des cris d'admiration fusent.
– Bravo ! Merveilleux ! Étonnant ! Quelle incroyable ressemblance !

Adhémar rougit d'orgueil en posant le gâteau au milieu de la table.

« *Ouf !* Je ne pensais pas qu'il était si lourd », se dit-il.

Le duc est fier de son fils unique.
– À toi l'honneur de découper ce beau gâteau, mon fils, annonce-t-il.

Chapitre 5

Adhémar saisit un couteau. Mais à peine a-t-il effleuré la crème que le gâteau s'ouvre dans un claquement. Effrayé, Adhémar lâche le couteau. Le duc en pâte d'amande tombe sur le sol. Quelque chose jaillit alors du gâteau.
– Petit-Chevalier-Noir ! hurle Adhémar.

Coiffé de son casque et armé de son épée de bois, le pire ennemi d'Adhémar saute lestement sur la table et s'écrie :
– Je vais t'apprendre à tirer gloire du travail des autres !

Les invités, croyant à un spectacle de baladins*, encouragent joyeusement Petit-Chevalier-Noir. Le pauvre duc de Tristelande, lui, s'arrache les cheveux…
– Je sais me défendre ! hurle Adhémar en tirant à son tour son épée de bois.

Mais c'est trop tard !

Petit-Chevalier-Noir pousse déjà le gâteau qui bascule sur le fils du duc. Couvert de crème des pieds à la tête, Adhémar gémit :
– Je n'y vois plus clair ! Aidez-moi.

Chapitre 5

Alors, sous les rires de l'assistance, Petit-Chevalier-Noir l'accompagne de la pointe de son épée jusqu'à la mare aux canards et le pousse à l'eau.
– C'est l'heure de ton bain, Adhémar de Tristandouille ! ricane Petit-Chevalier-Noir avant de disparaître.

Peu après, dans la cuisine, maître Coquebert ne peut retenir ses larmes. Des larmes de rire, bien sûr !

– Hi hi hi ! Jamais je n'ai tant ri ! s'étrangle-t-il.

– Tenez, lui dit Guillaume. Je crois que cette clef de cachot vous appartient. Elle a dû tomber de votre poche.

– C'est bien possible, sourit maître Coquebert en empochant la clef avec un clin d'œil.

Chapitre 5

Puis il tend à Guillaume une bourse où tintent quelques écus.
– Voilà pour ta peine, mon garçon, dit-il. Je t'aurais bien gardé à mon service, mais je crois qu'il ne faut pas trop que tu restes au château en ce moment. Adhémar pourrait avoir des soupçons.

– Vous avez raison, maître, répond Guillaume. Je vous remercie, j'ai beaucoup appris auprès de vous.

De retour à Malecombe, Guillaume est fêté comme un prince. Avec une partie des écus gagnés, il a loué une petite charrette sur laquelle il a chargé toutes les provisions achetées en route.

– Maintenant, dressez des tables dans la grande salle et laissez-moi faire, déclare-t-il en s'enfermant dans la cuisine.

Chapitre 5

Ce soir-là, c'est un festin de roi que sert le nouveau chef cuisinier. Toute la famille de la Bretelle-Demonsac se régale. Au dessert, Guillaume apporte un énorme gâteau à la crème.
– Regardez ! s'exclame Flora en battant des mains. Guillaume nous a sculptés en pâte d'amande !
– À la santé du cuisinier ! s'écrie le gourmand comte Aldebert...

❶ L'auteur

Didier Dufresne

« Comme Guillaume, j'aime beaucoup faire la cuisine. J'ai la chance d'habiter à la campagne et d'avoir un jardin. Quand je n'écris pas des histoires, je prends le temps de cultiver mon potager. J'ai ainsi des légumes tout frais à mettre dans la marmite !

Je circule aussi beaucoup, en France et à l'étranger. J'en profite pour goûter la cuisine de nombreux pays.

Pourtant, je n'ai pu voyager au Moyen Âge qu'à travers les livres. Quel plaisir ce devait être de pouvoir manger avec ses doigts et s'essuyer les mains sur la nappe ! En tout cas, j'ai un bon coup de fourchette et je suis assez gourmand... »

❷ L'illustrateur

Didier Balicevic

« J'adore dessiner donjons, créneaux, hourds, échauguettes et oubliettes. J'adore me balader par monts et par vaux, dans les bois humides et moussus, visiter les vieilles églises et les chapelles oubliées.

J'ai fait mes études à Strasbourg, ville de vieilles pierres et de maisons à colombages, alors bien sûr, les aventures médiévales de Guillaume, c'est pain bénit. Guillaume nous donne l'exemple avec bonne humeur : malin et courageux à la fois, il peut se sortir de tous les mauvais pas ! Mais je suis tout de même bien content de vivre au XXIe siècle et pas au Moyen Âge : on y prend plus de bains, et on n'est plus obligé de dessiner avec une plume ! Pauvre oie ! »

Table des matières

Repas en famille 5

Les cuisines de Tristelande 11

Bagarre en cuisine 21

La revanche d'Adhémar 29

La surprise du chef 37

Achevé d'imprimer en mai 2015,
chez Pollina (France) - L72177B.